JE SUIS CHARLIE

Chris Meister

JE SUIS CHARLIE

Drei Tage in Paris

Bibliografische Information der
Deutschen Nationalbibliothek:
Die Deutsche Nationalbibliothek verzeichnet diese
Publikation in der Deutschen Nationalbibliografie;
detaillierte bibliografische Daten sind im Internet über
http://dnb.dnb.de abrufbar.

Erste Auflage
© 2015 Chris Meister

Illustration: © 2015 Chris Meister
Das Foto ist eine Original-Aufnahme
des Abends vom 07.01.2015.

Herstellung und Verlag: BoD – Books on Demand, Norderstedt

ISBN: 978-3-7347-5215-5

Für Europa

Inhaltsverzeichnis

Vorwort   9

Drei Tage in Paris   13

Epilog – Die drei Tage nach Paris   103

Vorwort

Bei diesem Buch handelt es sich weder um einen Reisebericht, noch um einen Roman. Es geht vielmehr um einen kleinen Teil einer größeren Geschichte. Eine von Millionen Geschichten die an diesen verhängnisvollen Tagen in Paris geschehen sind und zusammenhängen.
Vorab sei erwähnt das ich bewusst nicht versuche Spannung aufzubauen oder besonders interessant zu erzählen. Mir ist es wichtig meine Eindrücke genau so wiederzugeben wie ich sie tatsächlich erlebt und empfunden habe.
Dieses Buch entstand in der Zeit zwischen dem 09. Januar bis zum 08. Februar 2015. Obwohl ich ein ernsthaftes Interesse am lesen und schreiben hege, ist es bisher mein einziges Buch. Aus welchen Beweggründen ich es geschrieben habe, kann selbst ich euch nicht genau sagen. Es gibt sicherlich aufregenderes aus meinem Leben zu erzählen.
Zum Beispiel befand ich mich vor wenigen Jahren bei der Loveparade-Katastrophe in Duisburg, zusammen mit meiner damaligen Freundin, mitten in dieser eingequetschten Menschenmen-

ge. Keine zehn Meter von uns entfernt starben 21 Menschen.
Mir kam es öfter in den Sinn darüber zu schreiben - aber ich konnte es nie. Bis auf eine Aussage bei der Polizei von meinen traumatischen Erinnerungsfetzen brachte ich bisweilen darüber nichts zu stande.
Bei meiner Reise nach Paris war es anders. Zum einen hatte ich die nötige Distanz um etwas darüber zu schreiben. Zum anderen hatte ich dennoch die Möglichkeit über etwas erlebtes zu berichten.
Zum ersten Mal fand ich die nötige Motivation um ein Buch fertig zu stellen. Ich hatte zu genau diesem Thema etwas zu erzählen.
In diesen drei Tagen wurde mir klar wie nah Glück und Leid beieinander liegen können. Weder das eine noch das andere kann man erwarten oder entgehen. Die Zukunft ist und bleibt für uns ein Rätsel.
Dieses Buch ist all das, was ich immoment bereit bin mit euch zu teilen.

Die Meinungsfreiheit in unserer Demokratie ermöglichte mir dieses Buch, und dafür bin ich dankbar.

Drei Tage in Paris

Erster Tag in Paris

6.01.2015

1.

\>\>Une Cigarette Se il vous plâit?<<
Er wirkte keineswegs aufdringlich. Ich hatte schon damit gerechnet angeschnorrt zu werden als ich den Gare du Nord verließ um mir nur kurz eine zu rauchen. Ist an großen deutschen Bahnhöfen auch nicht anders.
Er war schwarz. Seiner Aussprache nach zu urteilen schien er gebürtiger Franzose zu sein.
Normal lass ich mich nicht gerne von Fremden anbetteln. Aber er wirkte irgendwie freundlich. Also gab ich ihm kurzerhand eine.
\>\>Merci beaucoup Monsieur.<<
sagte er und lächelte.
\>\>Your welcome.<<
Die paar Worte französisch die ich konnte traute ich mich noch nicht so wirklich zu benutzen. Englisch saß einfach besser.
Trotzdem würde es notwendig sein. So wie ich gehört hab sollen Franzosen recht eigenwillig mit ihrer Sprache sein.
Zurück in der Bahnhofshalle suchte ich nach einem Schalter der Tickets für die Metro verkauft. Das dauerte eine Weile. Die meisten Hin-

weis-Schilder waren auf Französisch. Aber schließlich fand ich die Schalter wo ich richtig zu sein schien. Ich stellte mich in die Schlange und ging im Kopf durch was ich gleich sagen würde. Ich war mir nicht wirklich sicher ob es richtig sein würde. Aber immerhin würde es respekt vor der französischen Sprache zeigen. Ihr wisst schon was ich meine.
\>\>Bonjour Monsieur<< sagte ich.
\>\>Une carte de visite pour trois jours se il vous plaît.<<
So, das wär geschafft. Dachte ich.
Ich verstand kein einziges Wort von der schnellen französischen Antwort die ich von dem Mann hinter der Scheibe bekam. Auch er war schwarz. Als er bemerkte wie ratlos ich ihn ansah fing er an fließend englisch zu sprechen. Er drehte seinen Monitor zu mir und zeigte auf ein Drop-Down Feld auf dem \>\>3 Jours, Paris Visite<< ausgewählt war.
\>\>For three days right?<<
\>\>Oui.., äh yes!<<
Er lachte.
\>\>Can i pay with Credit Card?<<
\>\>Of course.<< sagte er.
Dann schob er ein Kartengerät durch die untere Öffnung der Scheibe.

Das Ticket kostete mich für drei Ganze Tage Bahn-Fahren gerade mal knapp 25€ und war für die zentralen Zonen 1-3 von Paris gültig.
Nachdem ich bezahlt hatte gab er mir einen kleinen Papier-Schnipsel. Erst der Magnet-Streifen auf der Rückseite ließ mich erkennen das dies der Fahrschein war.
>>You have to write your Name and the first and last Date of your visit on it<<
Dann reichte er mir einen Kugelschreiber durch das Fach.
>>Ah okay.<<
Ich beugte mich vor und kritzelte die Daten auf das Papier.

PARIS VISITE
Nom, Prénom: *Meister, Chris*
3 JOURS
Du *06.01.2015* au *08.01.2015*
            Zones 1 - 3
000318631 PNO082 EUR24,80 CB

>>Your French is really good.<< sagte er als ich ihm den Kugelschreiber zurück gab.
Ich schaute zu ihm hoch und lächelte. War mir aber nicht ganz sicher was ich davon halten sollte. Mein

Französisch war gelinde gesagt bescheiden.
>>Good pronunciation.<< fuhr er fort.
Ich sah ihm an das er es wohl doch ernst meinte. In dem Moment fühlte ich mich ein bisschen weniger Fremd. Irgendwie Willkommen.
>>Thank you, Sir.<<
>>Hold on a second.<< sagte er und stand abrupt auf.
>>I've got something for you.<<
Nach einigen Sekunden kam er zurück und gab mir etwas unter der Scheibe hindurch. Ein Broschüre mit Vergünstigungen für verschiedene Sehenswürdigkeiten und ein Faltplan von der Metro.
>>Oh, great. Merci Beaucoup<<
>>Your welcome, have a nice stay!<<
Wenige Minuten später trat ich meine erste Fahrt mit der Pariser Metro an.
Die Strecke zu meinem Hotel, das sich unweit vom Eiffelturm befand, hatte ich mir schon vor meiner Ankunft in Paris rausgesucht. Zunächst ging's vom Gare du Nord zu Strasbourg-Saint-Denis und von dort zu École Militaire.
In der Bahn hatte ich ein ähnliches

Erlebnis wie bei meiner ersten Fahrt mit der Londoner Tube. Ich kam mir damals so beobachtet und fremd vor als ich den ersten Tag in London war. Ab dem zweiten Tag fühlte ich mich schon fast wie ein Einheimischer und das fahren mit der Tube machte sogar spaß. Aber jetzt bei meiner ersten Metro-Fahrt wurde es mehr als Gruselig. Bei der nächsten Station stieg ein Mann in die Bahn der sich irgendwie komisch verhielt. Zunächst stellte er sich vor ein Mädchen das schräg gegenüber von mir saß und beugte sich ziemlich nah über sie um einen Fahrplan zu studieren der an der Wand hing. Ansich nicht ungewöhnlich. Aber dem Mädel war das sichtlich unangenehm.

Kurze Zeit später setzte er sich auf den Platz gegenüber von mir und schaute mir direkt in die Augen. In Deutschland fahr ich selten mit der Bahn. Vielleicht bin ich es auch einfach nicht gewohnt.

Doch als nächstes schaute der Mann hinunter auf eine viereckige Schachtel die auf seinem Schoß stand und die er mit beiden Händen fest hielt. Sah irgendwie aus wie eine Kuchenverpackung. Dann öffnete er die

Schachtel. Sah hinein und schaute wieder zu mir hoch. Ich schaute weg. Der Typ kam mir nicht ganz geheuer vor.
Aus dem Augenwinkel konnte ich erkennen wie er immer wieder abwechselnd in die Schachtel, und dann wieder zu mir hoch schaute.
Vielleicht war es nur ganz normale Paranoia. *Die hat Anfangs jeder im Universum.* Sagte ich mir. *Oder in der Metro, oder in der Tube.*
Wie gern wäre ich jetzt in London gewesen. Ich mochte die Stadt. Hätte ich das nötige Kleingeld würde ich dort hinziehen. Aber Paris.
Nein, Paris war mir irgendwie fremd.

2.

Die vielen Eindrücke die auf einen niederprasseln wenn man in einer fremden Stadt ist, können einen überwältigen und mitunter verwirren. Das merkt man einfach am ersten Tag. Und das nicht nur man selbst, das merken auch andere.
Entgegen aller Befürchtungen hatte ich die erste Fahrt mit der Metro doch noch überlebt.
Kurz nachdem ich die Station verlassen hatte befand ich mich planlos an einer Art Straßenkreuzung die in sieben verschiedene Richtungen führte. Ein älterer Herr der das bermerkte sprach mich direkt auf englisch an ob er mir helfen könne. Er trug einen schicken Mantel und sah aus wie ein ehemaliger Geschäftsmann in Rente. Seinen Dialekt schätzte ich osteuropäisch ein.
Avenue de Tourville war direkt um die Ecke. Nachdem ich ihm auch noch den Namen meines Hotel's verriet ging er die paar Meter mit mir mit und erzählte beigeistert von Paris. Er gab mir auch Ratschläge. Als er mir sagte ich sollte in Paris vor Taschendieben auf der Hut sein, machte er

mit der Hand eine Bewegung in Richtung meiner Jacke. Ich stellte mir kurz die Frage ob ich mich auch vor ihm in Acht nehmen sollte. Aber das stellte sich als unbegründet raus.
Es stimmt schon das man sich in Großstädten, und gerade in Paris über Taschendieben und Trickbetrügern bewusst sein sollte. Aber man sollte nicht vor jedem panisch weg rennen der einen anspricht.
Sonst verpasst man so einige interessante Begegnungen.
An meinem Hotel angekommen verabschiedete er sich und wünschte mir einen tollen Aufenthalt. Als ich ihm das selbe wünschte stellte sich heraus das er in Paris wohnt. Nur ein paar Häuser weiter.
Am nächsten Tag sah ich im Vorbeigehen wie er mit einem Pärchen sprach und ihnen scheinbar auch den Weg zeigte, und ganz nebenbei ein wenig über seine Stadt erzählte.
Aber heute musste ich erst einmal in mein Hotel kommen. Es war Zwölf Uhr, zwei Stunden bevor ich eigentlich einchecken konnte. Aber ich ging auf gut Glück einfach mal hinein.
Das Foyer des Hotel war recht klein, sah aber ganz schick aus.

Hinter der Rezeption saß eine junge Frau. Ich schätzte sie so auf Ende Zwanzig.
>>Bonjour Madame.<< sagte ich.
>>Bonjour<<
>>Je m'appelle Chris Meister<<
>>Bienvenue à paris Monsieur!<< sagte sie lächelnd und griff nach ihren Unterlagen.
Während sie hinter dem Empfang ein Formular aus ihren Akten suchte, sagte sie noch mehrere Sätze von denen ich allerdings wieder einmal kein einziges Wort verstand.
Dann schaute sie plötzlich mit fragenden Augen zu mir hoch. Anscheinend erwartete sie eine Antwort von mir. Aber ich sah sie nur verdutzt an.
>>Parlez-vous français?<< fragte sie überrascht.
>>Ou en anglais?<<
>>Anglais, se il vous plaît.<< sagte ich und lächelte sie verlegen an.
>>No problem<< sagte sie freundlich.
>>How long do you wish to stay? Two nights, or more?<<
Naja, Zug und Hotel hatte ich schon im Voraus gebucht.
>>Yes, two nights please.<<
>>Alright, your passport please.<<

Ich nahm mein Handy aus der Tasche und klappte das Leder-Case auf. Im obersten der drei Fächer hatte ich neben meinen Kreditkarten meinen Personalausweis verstaut. In einem weiteren Fach darunter fand mein Studentenausweis platz. Das Ticket für die Metro hatte ich einfach mit in ein Kartenfach geschoben.
>>Thank you.<<
Nachdem ich ihr einen Zettel unteschrieben hatte, gab sie mir den Ausweis zurück und lächelte wieder. Mir fielen ihre Haselnußbraunen Augen auf.
>>Your Room is the first on the fifth floor.<<
Dann gab sie mir eine Karte mit Magnetsteifen auf der die Nummer 501 stand.
>>Breakfast is from seven til eleven a.m., you can choose between a petit dejeuner for nine Euro or buffet for twelve.<<
>>Alright, great<< sagte ich.
>>You can find the informations for the Login to our WiFi on your room. If you have any questions or wishes, please let us know.<<
>>Okay, i will. Fifth floor first room was it?<<

>>Yes<< sagte sie.
>>Great. Merci beaucoup Mademoiselle.<<.
>>Your welcome, have a nice stay<<
>>Oh, i'm sure i will.<<

3.

Das Hotelzimmer war recht klein, aber gemütlich. Ich hatte alles was ich brauchte. Ein Bett mit sauberen Laken. Einen Kleiderschrank in dem sich ein kleiner Tresor befand.
Das Badezimmer war, bis auf die Dusche, noch einmal etwas kleiner. Aber es war sauber und modern verfließt. An der Wand hingen frische Handtücher und über dem Waschbecken standen kleine Fläschchen mit Shampoo und Duschgel.
Ich hatte aber auch alles was ich nicht brauchte. Eine Klimaanlage (Die Wände schienen gut Isoliert zu sein). Und auch einen HD-Fernseher mit 50 französischen Kabelkanälen hing an der Wand.
Nachdem ich meine Sachen aus dem Rucksack im Zimmer verstaut hatte, verließ ich das Hotel direkt wieder. Ich konnte es einfach nicht abwarten den Eiffelturm zu sehen. Ist ja auch naheliegend wenn man schonmal in Paris ist. Nur eine Straße weiter konnte ich ihn schon erkennen. Es ist schon ein besonderes Gefühl wenn man ihn das erste mal betrachtet. Selbst wenn die Spitze in diesem Mo-

ment in den Wolken verschwand.
Mit Musik in den Ohren, die ich über mein Handy hörte, ging ich an den Grünflächen entlang geradewegs auf den Turm zu. Und auch wenn man sagt das Paris für Liebende ist, in genau so einem Moment erkennt man wie schön es ist auch mal alleine zu sein. „I feel free" ging mir durch den Kopf. Dieses Lied über Freedom von Nicki Minaj passte gerade nur zu gut. Allmählich schien sich die anfängliche Nervosität zu legen. Die mir fremde Stadt, stellte sich mir vor und lud mich ein sie näher kennen zu lernen. Es war seelenruhig hier. Bis auf ein paar Souvenierhändler, die versuchten die Touristen im vorübergehen in ein Gespräch zu verwickeln, wirkte es wirklich friedlich. Ich ignorierte sie einfach und ging an ihnen vorbei. Als ich unter dem Eiffelturm her ging, schob ich den Gedanken hinaufzufahren direkt wieder beiseite. Obwohl es bewölkt war hatten sich vor den Eingängen zu den Treppen und Aufzügen endlos lange Schlange gebildet. Ich ging weiter hoch zum Fluss. Da gab es noch einen anderen, etwas weniger bekannten Ort wo ich hin wollte..

Die kleine Freiheitsstatue befindet sich Süd-Westlich vom Eiffelturm. Sie wurde am westlichen Ende einer schmalen, knapp einen Kilometer langen, künstlichen Insel mitten auf dem Fluss errichtet.
Während ich die Seine entlang lief, war ich mir nicht ganz sicher ob ich überhaupt in die richtige Richtung ging.
Es war ein ganzes Stück Flussabwärts bis ich die Statue überhaupt erkennen konnte. Sie war gerade mal knappe zwölf Meter groß. Und von der Richtung aus der ich kam konnte ich sie nur von hinten sehen. Trotzdem bekam ich in dem Moment eine Gänsehaut.
Um zu ihr zu gelangen musste man zunächst auf eine Brücke die über den Fluss führte. Auf der Mitte der Brücke führte ein Weg hinab auf die längliche Insel. Noch ein paar Treppenstufen weiter hinunter befand man sich knapp über Uferhöhe und musste unter der Brücke hindurchgehen.
Es war ziemlich ruhig hier. Bis auf ein paar Einheimische die an verschiedenen Geräten die unter der Brücke aufgebaut waren Sport trieben, verirrten sich nur eine Hand

voll Touristen an diesen Ort.
Die Statue stand auf einem hohen Podium aus Granit-Steinen.
Und obwohl sie viel kleiner als ihre große Schwester in New York war, beeindruckte sie mich dermaßen, das ich einfach nur da stand und sie betrachtete.
Eine Inschrift die an die Steine unter der Statue angebracht war, veriet das sie der Stadt von den amerikanischen Einwohnern von Paris gestiftet worden war.
>>As-tu du feu?<<
Die süße französische Stimme riss mich mit einem mal aus meinen Gedanken.
Das Mädchen das plötzlich vor mir stand, war ungefähr einen Kopf kleiner als ich. Sie schaute mich mit ihren großen dunklen Augen fragend an, wirkte aber irgendwie schüchtern.
Dann steckte sie sich eine Zigarette zwischen die Lippen und machte mit ihrer Hand eine Bewegung wie mit einem unsichtbaren Feuerzeug.
>>Ah, oui!<< sagte ich, entzündete mein Benzinfeuerzeug und hielt es ihr entgegen.
Sie beugte sich ein Stück vor und

zog an ihrer Zigarette. Ihr Parfum stieg mir in die Nase. Es roch irgendwie verführerisch.
Ich schaute an ihr herunter und betrachtete sie. Sie trug eine schwarze Lederjacke die ihre Talie betonte. Eine enge Jeans machte das selbe mit ihren Hüften.
Sie schien etwas jünger als ich zu sein. Vielleicht so Anfang Zwanzig.
Verdammt, diese Frau gefällt mir. Dachte ich. Es war nicht nur ihre Stimme und ihr Geruch. Sie war mir auf den ersten Blick sympathisch, irgendwie bezaubernd.
Ihre blasse, aber schöne glatte Haut stand im starken Kontrast zu ihren kurzen schwarzen Haaren, die nicht ganz Schulter-Lang waren.
Sie schaute zur Seite und pustete den Rauch in die Luft.
>>Merci<< sagte sie und lächelte mich an.
>>Your welcome.<< antwortete ich und zündete mir auch eine an.
Einen Moment lang wurde es still zwischen uns. Aber gerade als ich dachte sie würde wieder gehen, schaute sie erneut zu mir. >>You are not from here?<<
>>No, i'm just on a visit.<<

>>Ah Okay, i see.<< sagte sie und warf ihr Haar zur Seite.
Es war mein Glück das sie fließend englisch sprach. So konnten wir uns ohne Probleme verständigen.
>>Je suis Chris<< sagte ich zu ihr und hielt ihr meine Hand entgegen.
Sie lachte und gab mir die Hand. Ihr Händedruck war sanft. Sie schaute mir direkt in die Augen.
Der Klang ihrer Stimme während sie mir ihren Namen verriet ging wie musik durch meinen Kopf.
>>Amélie<< sagte sie.
Ich lächelte. Es kam mir vor als würde ich diesen Moment nie wieder vergessen.
>>Amélie<< wiederholte ich sie und muss in etwa so geschaut haben wie es nur ein Kind vor einem Süßigkeiten-Laden tut.
Ich bemerkte wie sie sich auf die Lippe biss und verlegen zur Seite schaute.
>>Wie gefällt dir denn Paris?<< fragte sie neugierig. Ihr englisch war gut, man konnte aber deutlich ihren französischen Akzent hören.
>>Ich bin zwar erst ein paar Stunden hier, aber bis jetzt gefällt mir sehr was ich sehe.<< sagte ich und

zwinkerte ihr zu.
Wieder schaute sie verlegen zur Seite. Mir fiel auf das sie leicht errötete.
Als sie mich wieder ansah trafen sich unsere Blicke. Einen Moment lang standen wir nur da und sahen uns in die Augen. Dann kam es mir vor als würden wir uns allmälich näher kommen. Ich konnte sehen wie sich ihr Blick auf meine Lippen legte und sich ihre Augen ganz langsam schlossen.
Ein plötzliches piepen aus ihrer Jackentasche ließ sie dann aber hochschrecken. Sie zog ihr Handy aus der Tasche und warf einen kurzen Blick drauf.
>>Du ich muss leider los, meine Pause ist gleich vorbei<<
>>Oh, okay.<< sagte ich etwas enttäuscht.
Irgendwie bekam ich die Befürchtung etwas falsches gesagt zu haben. In Gedanken schlug ich die flache Hand gegen meine Stirn. *Idiot!*
Aber im nächsten Moment wandte sie sich mir wieder zu.
>>Hättest du vielleicht Lust heut Abend mit mir auszugehen?<< fragte sie geradewegs heraus.

Ich schaute sie lächelnd an. Nach einem Moment nickte ich.
>>Das fände ich toll, ja.<<
Sie strahlte mich mit ihren funkelnden Augen an. Dann griff sie nach ihrer Handtasche und kramte einen Zettel und einen Stift hervor. Sie schrieb die Adresse eines Restaurants und ihre Handy-Nummer darauf.
>>Sagen wir so um acht?<<
>>Acht klingt gut, ja.<<
Sie gab mir den Zettel und grinste mich an. Während sie ging drehte sie sich noch zwei mal nach mir um. Einmal wäre sie fast gestolpert. Irgendwie süß.

4.

Ich ging den selben Weg zurück von dem ich gekommen war. Allerdings etwas verträumter als zuvor.
Schon komisch was eine Frau in einer flüchtigen Begegnung alles bei einem bewirken kann.
Die Spitze des Eiffelturms war noch immer von den Wolken verschleiert. Trotzdem waren die Schlangen an den Eingängen zu den Treppen und Aufzügen inzwischen endlos lang geworden.
In der nähe meines Hotels war ich wieder an der Metrostation angelangt wo ich ursprünglich angekommen war.
Ich ging spontan die Treppen hinunter und passierte die Schranke mit meiner *Papierschnipsel-Schrägstrich-Fahrkarte*. Dann suchte ich mir ein Ziel auf einem der großen Fahrpläne aus die an den Wänden hingen.
Von École Militaire gings dann zur Station Concorde. Der Place de la Concorde ist ein riesiger Platz auf deren Mitte ein großer Obelisk steht. Davor - in Richtung des Louvre - befindet sich ein Riesenrad.
Sah ja ganz hübsch aus. Aber mit dem Dingen fahren wollte ich ganz sicher nicht. Da war das London Eye irgend-

wie einladender mit seinen modernen Kabinen.
In mitten des Platzes überlegte ich und schaute etwas verwirrt umher. Nachdem ich einigermaßen wusste was in welcher Himmelsrichtung lag, entschied ich mich in Richtung des Arc de Triomphe zu gehen. Auf dem Weg dorthin befand sich ja schließlich auch noch eine weitere Sehenswürdigkeit: Die Champs-Élysées.
Zwischen dem Place de la Concorde und dem beeindruckenden Teil der Champs-Élysées lag allerdings noch ein ganzes Stück. Zunächst waren auf beiden Straßenseiten zahllose Buden aufgebaut die wohl noch von Weihnachten oder Silvester hier standen. In der zweiten Woche des neuen Jahres wirkte es alles ein wenig trist und leblos. Sämtliche Stände waren geschlossen. Und hier und da waren Arbeiter damit beschäftigt sie abzubauen und das Chaos, das scheinbar der 31.12.2014 hinterlassen hatte, zu beseitigen.
Ab dem Grand Palais hingegen, sah allerdings plötzlich alles wie geleckt aus.
Hinter dem Rond Point des Champs-Élysées konnte man die ersten rie-

sigen Geschäfte bestaunen. Es waren hauptsächlich teure Boutiquen, Restaurants und Läden von weltberühmten Designern. Aber auch eine bekannte Fast-Food Kette und ein Klamotten-Laden den man auch aus den meisten anderen Städten dieser Welt kannte hatten sich hier her verirrt.
Die Fußgänger-Wege links und rechts der Straße waren so breit wie die Straße selbst und bildeten so schon fast eigene Fußgänger-Zonen.
Dieses Pflaster war durch und durch Nobel. Das konnte man schon an den Namenhaften Auto-Herstellern sehen die sich ebenfalls hier niedergelassen hatten um sich Paris und der Welt angemessen zu präsentieren. Neben deutschen Nobel-Karossen gab es hier auch Formel-1 Wagen zu bestaunen. Und das zum anfassen nah.
Am Ende der Avenue des Champs-Élysées war er dann: Der Arc de Triomphe.
Rund um den Triumphbogen führt ein riesiger Kreisverkehr herum. Wenn man sich die Szenerie eine Weile lang betrachtet, fragt man sich unwillkürlich wie das bloß funktionierte. Der Kreisverkehr war geschätzt achtspurig. Allerdings waren nirgends Fahrspuren gekennzeichnet.

Außerdem gab es keinerlei Verkehrsregelung.
Wofür auch? Dachte ich sarkastisch.
Aus acht verschiedenen Straßen rund um den Kreis lief hier der Verkehr ein.
Es wirkte wie ein riesiges Durcheinander was hier minütlich hunderte von Autos veranstalteten. Aber dennoch schien es, auf eine mir nicht bekannte Art und Weise, irgendwie zu funktionieren.
Wie aus Geisterhand blieb dort plötzlich eine ganze Reihe von Autos stehen, um Neuankömmlinge aus einer Zufahrt in den Kreis hineinzulassen. Einige Sekunden später setzten sie sich abrupt wieder in Bewegung. Und inmitten dieses „funktionierenden Chaos" thronte dieser gewaltige Triumphbogen. Neben dem Eiffelturm war er das große Wahrzeichen von Paris.
Trotzdem hätte zu diesem Zeitpunkt niemand ahnen können das an diesem Freitag Abend die gesamte Welt auf ihn blicken würde. In großen weißen Buchstaben würden die mit Licht projizierten Worte

PARIS EST CHARLIE

an ihm zu sehen sein.
Aber auch die Bedeutung dieser Worte

würden einem erst dann klar sein.
Eine Möglichkeit durch das Gedränge der Autos zu finden war vergebens. Um zu der Mitte des Kreisverkehrs, sprich zu dem Triumphbogen zu gelangen, musste man eine Unterführung nutzen.
Dort angelangt kaufte ich mir ein Ticket für die Besichtigung. Der Weg hinauf führte über eine Wendeltreppe mit schier endlosen Stufen. Aber die Mühe wurde einem belohnt. Erst einmal oben auf der riesigen Aussichtsplattform angelangt war die Aussicht Atemberaubend.
Von hier aus konnte man die ganze Stadt betrachten. Was einem als erstes auffiel waren die breiten Straßen die vom Triumphbogen in alle Richtungen weg führten.
Im Osten konnte man, bis auf die Spitze die sich immer noch in den verdammten Wolken verbarg, den Eiffelturm erkennen.
Nord-Westlich beeindruckte die Skyline des Wolkenkratzer-Viertels La Defense.
Nord-Östlich erhebten sich die dicht bebauten Gebäude auf einem Hügel in der sonst komplett flachen Stadt. Auf der höchsten Stelle dieses Hügels,

der besser bekannt unter dem Namen Montmartre ist, befindet sich die Basilika Sacré-Cœur, die ebenfalls von hier deutlich zu erkennen war.
Ich blieb eine ganze Weile auf der Aussichtsplattform und hörte Musik während ich den Anblick von Paris genoss.
Auch wenn das Ticket von dem Triumphbogen einem zunächst teuer erscheint. Ich kann es euch nur empfehlen dort hoch zu gehen. Die Aussicht ist es Wert.

5.

Ich hatte die Gedanken an das Mädchen von heut Mittag die meiste Zeit des Tages so gut es ging beiseite geschoben um mich voll und ganz auf Paris zu konzentrieren. Aber als ich am frühen Abend zurück im Hotel ankam, war ich zugegeben schon etwas aufgeregt. Was soll ich sagen, sie gefiel mir.
Nachdem ich duschen war und mich angezogen hatte peppte ich meine Haare noch etwas mit Gel auf.
Dann machte ich mich auf den Weg zu der Adresse die Amélie mir gegeben hatte. Mit der Metro war ich schnell da.
Als ich Amélie dann vor dem Restaurant traf haute mich ihr Anblick glatt um. Ich schätze sie hatte auch irgendwas mit ihren Haaren gemacht. Aber sie war auch deutlich größer als heute Mittag, was an den schwarzen High Heels lag die sie trug. Sie sah bezaubernd aus und genau das sagte ich ihr auch.
>>Merci Beaucoup<< sagte sie mit ihrer süßen Stimme und ihrem verlegenen Lächeln.
Nachdem ich ihr im Restaurant den

Mantel abgenommen hatte musste ich mir ein weiteres Kompliment verkneifen. Sie sah einfach sexy aus in ihrem kleinen schwarzen Kleid und der Strumpfhose.

Am Tisch übernahm Amélie die Führung und sprach mit dem Kellner. Dafür wäre mein französisch etwas zu wenig gewesen. Sie lies uns einen Rotwein von der Weinkarte kommen und orderte ein Drei Gänge Menü.

Als der Kellner uns die Vorspeise servierte, präsentierte er sie uns als „Soupe à l'oignon". Was sogar ich verstand. Ich muss zugeben ich war etwas erleichtert das ich keine Froschschenkel serviert bekam.

Als Hauptspeise bekamen wir eine Art Gemüsepfanne. „Assiétte Végétarienne" nannte es Amélie begeistert. Obwohl ich leidenschaftlicher Fleischesser bin, muss ich zugeben das ich sehr auf gebratenes Gemüse stehe. Egal ob Möhren, Brokkoli oder Paprika.

Angebraten? - Immer her damit!

Zum Nachtisch gab es Mousse au Chocolat. Und eine zweite flasche Wein ließ auch nicht lange auf sich warten.

Es stellte sich heraus das Amélie und ich eine Menge gemeinsam hatten. Auch sie hatte von klein auf an gerne gelesen und ein großes Interesse an Büchern. Sie erzählte mir das sie hier in Paris in einem Buchverlag arbeitet. Die Stelle hatte sie über einen Verwandten bekommen.
>>Es ist zwar nur ein Aushilfsjob, aber ich erhoff mir eine Festanstellung im Lektorat zu bekommen.<<
Ihr könnt euch vorstellen das ich hin und weg von ihr war. Mehr noch als zuvor.
Als ich ihr erzählte das ich selbst Literatur studiere um später mal im Lektorat arbeiten zu können, funkelten ihre Augen vor Begeisterung.
Wir unterhielten uns noch eine ganze Weile über Bücher und Schriftsteller die wir mochten.
Und bevor ich mich versah, teilten wir uns ein Taxi. Man könnte sagen wir teilten uns nicht nur das Taxi, sondern auch den Sitzplatz. Sie umschlang mich mit ihrem Bein und küsste mich Leidenschaftlich.
An meinem Hotel angekommen stieg sie einfach aus. Sie hatte nicht vor weiter zu fahren.

6.

Als wir das Hotel betraten saß ein älterer Herr hinter der Rezeption.
>>Bonsoir Monsieur<< sagte er.
Dann bemerkte er Amélie hinter mir und fügte >>et bonsoir Mademoiselle.<< hinzu.
>>Bonsoir<<
>>Salut<< sagte Amélie und kicherte vergnügt. Ihre Absätze klackerten laut über den Marmor-Fußboden des Foyers. Kurz darauf verschwand ich mit ihr im Fahrstuhl.
Keine Sekunde nachdem sich die Fahrstuhltür neben uns geschlossen hatte, drückte sie mich gegen die Wand und küsste mich.
>>Ich will dich<< flüsterte sie mir mit ihrem französischen Akzent ins Ohr und küsste meinen Hals.
Während ich mich nach dem Knopf für die fünfte Etage umschaute und ihn drückte, fiel mein Blick auf den großen Spiegel der sich gegenüber der Tür des Fahrstuhls befand.
Amélie bemerkte das und sah jetzt auch hinein. Sie grinste und schob sich noch näher an mich.
>>Hier drin?<< fragte sie.
Ich hob eine Augenbraue und grinste.

Dann legte ich meine Hände um ihre Hüften und küsste sie zärtlich. Es war ein langer, intensiver Kuss.
Im nächsten Moment ertönte jedoch ein *Kling* und die Fahrstuhltür ging wieder auf. Dafür wäre der Fahrstuhl ohnehin bedeutend zu klein gewesen, dachte ich. Ich griff nach ihrer Hand und ging mit ihr über den Flur zu meinem Zimmer.
Wir verloren keine weitere Zeit. Ihr Mantel und meine Jacke landeten über dem Stuhl. Woraufhin Amélie mich aufs Bett warf. Dann setzte sie sich auf mich und beugte sich zu mir hinunter. Sie flüsterte mir etwas auf französisch ins Ohr und küsste mich. Meine Hände glitten über den seidenen Stoff ihres Kleids und legten sich auf ihre Talie. Sie lächelte mich an und ich konnte wieder dieses Funkeln in ihren Augen sehen.
Was folgte ist nicht jugendfrei. Aber eines kann ich euch sagen: Dieser Abend des 6. Januar, war einer der schönsten meines Lebens. Er war genau so wie Amélie selbst. Einfach Magisch. Sie verzauberte mich und ich konnte mich kein bisschen dagegen wehren.

Zweiter Tag in Paris
07.01.2015

7.

Als ich aufwachte war Amélie verschwunden. Die Bilder von gestern kamen über mich. Sie waren wie aus einem Traum aus dem man gerade erwacht war. Während ich realisierte, das es kein Traum war das ich gerade in Paris war und diese süße Französin kennen gelernt hatte, fühlte ich mich als hätte ich Schmetterlinge im Bauch. Doch wo war sie nun? Ich war mir inzwischen absolut sicher das sie gestern Abend in meinen Armen eingeschlafen war. Selbst ihr Pafum haftete noch an meinem Kopfkissen.
Auf dem Nachttisch direkt neben mir entdeckte ich das sie mir eine Notiz hinterlassen hatte. Ich setzte mich auf und rieb mir die Augen. Dann nahm ich den Zettel und las ihre Nachricht:

Bonjour mon chéri,
I had to go to work.
It was a lovely evening with you!
Meet me later at Liberty? :)

Kisses,
Amélie

Ich musste unwillkürlich lächeln.
Ja, zu diesem Zeitpunkt war Paris wie ein Traum für mich. Ich hatte beide zwar gestern erst kennen gelernt - Paris und Amélie - aber ich war hin und weg von ihnen. So schnell wie sie mich in ihren Bann zogen, so schnell hatten sie mich.

Nachdem ich duschen war und mich wieder angezogen hatte, fuhr ich mit dem Fahrstuhl die fünf Etagen des Hotels hinunter und fragte an der Rezeption nach einem „Petit déjeuner".
Das Frühstück war nicht im Preis für das Zimmer mit inbegriffen. Aber ich wollte es mal ausprobiert haben. Außerdem hatte ich nach der gestrigen Nacht einen Bären Hunger.
Ich schnappte mir eine Ausgabe der International New York Times die im Foyer auslag und suchte mir einen Platz im direkt angrenzenden Frühstücks-Raum.
Der Raum war durch die großen Fenster zur Straßenseite hell mit Licht durchflutet und sehr gemütlich eingerichtet. An den Wänden hingen einige französische Gemälde.
Kaum nach dem ich Platz genommen

hatte begrüßte mich ein Kellner. Ich bat ihn auf englisch um eine heiße Schokolade. Kurz darauf brachte er mir einen Korb mit einem Baguette und einem Croissant. Dann nahm er eine kleine Kanne und schenkte mir den warmen Kakao in meine Tasse ein. Nachdem ich mir Aufschnitt und Marmelade vom Buffet geholt hatte warf ich einen Blick in die Zeitung.

Auf der Tittelseite war eine Story über die Pegida Demo in Dresden. Ich hab sie mir durchgelesen - war mir aber immer noch nicht sicher was ich von den jüngsten Entwicklungen in Deutschland halten sollte. Mir gefällt Europa tolerant und weltoffen. Ich halte genauso wenig von Faschisten wie von religiösen Fanatikern. Die haben uns schon die letzten zweitausend Jahre gezeigt das sie nur Elend und Not bringen. Gerade wir als Europäer sollten das wissen. Nach dem Frühstück schob ich die Gedanken beiseite um etwas schöneres von Europa zu sehen: Paris.

8.

Die gesamte Stadt lag im Nebel. Vom Eiffelturm waren quasi nur noch die vier Stützen zu sehen. Den Rest verbargen die Wolken.
Und trotzdem lag dieses Gefühl der „Stadt der Liebenden" in der Luft - aber das lag vermutlich mehr an mir oder meinem Unterbewusstsein.
Unter dem Turm war an diesem Morgen wenig los. Wo gestern noch hunderte Leute Schlange standen, waren heute nur noch ein paar dutzend.
Gestern hatte es die Leute nicht davon abgehalten auf den Eiffelturm zu gehen obwohl die Spitze nicht zu sehen war. Aber heute war fast der ganze Turm nicht zu sehen.
Ich überlegte kurz ob ich die €15,50 für die Fahrt mit dem Aufzug zur Spitze ausgeben oder noch auf eine andere Gelegenheit warten sollte.
Ich entschied mich jetzt hochzufahren und stellte mich an die kurze Schlange die zu dem Aufzug an der Ostseite führte.
Auch wenn das Wetter scheiße war, einmal muss man drauf gewesen sein. Und auf stundenlanges Anstehen bei besserem Wetter hätte ich auch keine

Lust drauf gehabt.
Nach einer knappen viertel Stunde bezahlte ich die Frau am Schalter für ein Ticket „To the Top".
Eine weitere viertel Stunde und ich war zusammen mit einer japanischen Reisegruppe und einer hand voll anderer Touristen in dem großen Fahrstuhl.
Es ging direkt auf die zweite Etage die ungefähr auf 116 Meter Höhe liegt. Mitten in den Wolken konnte man überhaupt nichts von Paris sehen. Aber der Weg führte direkt zum nächsten Fahrstuhl. Er war etwas enger als der Vorherige.
Ich hatte fest damit gerechnet oben angekommen nichts außer grauer Nebelschwaden zu sehen.
Aber als der Aufzug plötzlich die Wolken durchstieß bekam ich eine Gänsehaut. Mir schien die Sonne entgegen. Und unter unseren Füßen entfernten die anderen Besucher und ich uns allmälich von den Wolken.
Auf der dritten Etage angekommen hatte man einen Rundumblick. Zwar nicht über Paris – aber auf schneeweiße Wolken die unter einem klaren blauen Himmel von der Sonne angestrahlt wurden. So muss der Himmel aussehen

– *quatsch* – das war der Himmel!
Als ich die Fensterscheiben entlang ging entdeckte ich plötzlich ein einmaliges Bild: Der Eiffelturm warf einen riesigen Schatten auf die Wolken. Es war faszinierend. Ich glaube diesen Anblick werde ich mein Leben lang nicht mehr vergessen.
Aber es ging noch weiter. Über eine Treppe die noch ein Stück nach oben führte gelangte ich hinaus ins Freie. Jap, es war der Himmel. Alles was mich von ihm trennte war ein dünnes Drahtgitter das zur Sicherheit rund herum um die Aussichtsplattform angebracht worden war. Die Sonne schien warm auf meine Haut und es wehte bloß ein ganz sanfter Wind hier oben. Auch wenn ich von Paris in diesem Moment von hier oben kein bisschen sehen konnte, die Aussicht haute mich um.
Man kennt so etwas zwar aus dem Flugzeug, aber das hier war nochmal etwas ganz anderes. Bis zum Horizont konnte man dichte weiße Wolken sehen und direkt darüber den klaren blauen Himmel.
Auch wenn der Satz abgedroschen klingt: So etwas kann man einfach nicht beschreiben, so etwas muss man

mit eigenen Augen gesehen haben.
Ich blieb noch eine ganze Weile oben auf der freien Aussichtsplattform. Hin und wieder machte ich Fotos und Videos, oder stand einfach nur da und ließ die Gedanken schweifen während die Wolken langsam aber stetig unter mir hinweg zogen.
Schade dass das Amélie gerade nicht sehen kann. Dachte ich mir.
Zu gern hätte ich diesen Augenblick mit jemanden geteilt. Ich versuchte ein Bild per Whatsapp zu verschicken. Merkwürdigerweise hatte ich hier oben absolut gar keinen Empfang fürs Internet.
Nach einer Weile machte ich mich dann wieder auf den Weg nach unten. Mit dem Fahrstuhl ging es zunächst zurück auf die zweite Etage bzw. Plattform, die sich ein ganzes Stück tiefer befand.
Es dauerte nur ein paar Sekunden bis der Fahrstuhl wieder zurück in die Wolken eintauchte. Die Sonnenstrahlen verschwanden abrupt. Es wurde wieder grau und trist um mich herum. Aber das konnte meine Laune kein bisschen trüben. Es war eher so als würde ich das sonnige Gefühl von dort oben einfach mitnehmen. Als ich

auf der mittleren Plattform ankam schaute ich mich von dort noch ein wenig um. Aber bis auf dichten grauen Nebel um mich herum konnte ich nicht viel sehen.
Ich beschloss dann den weiteren Weg hinunter über die Treppen zu gehen. Rings um mich herum befand sich ein Wald aus Stahl-Trägern. Wie riesig dieser Turm ist wird einem am besten klar wenn man die vielen Stufen hoch, beziehungsweise in meinem Fall hinunter geht - das runter einfacher als rauf ist hatte ich ja schon im Triumphbogen gelernt.
Nach und nach lichtete sich der Nebel während ich die Treppen hinunter ging und langsam kamen die Straßen und Gebäude von Paris wieder zum Vorschein. Trotzdem sahen die vielen Autos und Busse, die sich ihren Weg durch den dichten Verkehr bahnten, von hier oben aus wie kleine Spielzeug-Autos.
Es war ein ziemlich langer Weg hinunter. Irgendwie hatte ich das Gefühl die Treppenstufen würden nie ein Ende nehmen.
Als ich dann aber doch irgendwann unten ankam und wieder festen Boden unter den Füßen hatte, bemerkte ich

das mein Handy-Akku zur hälfte Leer war. Lag wohl an den vielen Fotos und Videos die ich gemacht hatte.
Ich beschloss zunächst zurück zum Hotel zu gehen bevor ich Paris weiter erkunden würde.

9.

Auf dem Weg zurück zum Hotel besorgte ich noch eine Postkarte. Die könnte ich in der Zeit schreiben während mein Akku lädt.
Zurück im Hotelzimmer schickte ich als erstes Amélie ein Bild auf dem ich zusammen mit dem Schatten vom Eiffelturm auf den Wolken zu sehen war. Mir gefiel das Bild. Auch wenn ich geblendet von der Sonne die Augen etwas zusammen gekniffen hatte. Wer sich im Moment in Paris aufhielt würde kaum glauben das das Foto gerade eben erst entstanden war.
Ich stöpselte mein Handy an das Ladegerät und setzte mich an den kleinen Schreibtisch. Dann kramte ich einen Kugelschreiber aus meinem Rucksack und griff nach der Postkarte. Von draußen konnte ich hören wie die Putzfrau auf dem Flur schon von Zimmer zu Zimmer ging und schaute auf die Uhr: 11:30 Uhr.
Hm, Hoffentlich lädt der Akku bevor sie hier anklopft. Dachte ich.
Dann schnappte ich mir die Postkarte die ich verschicken wollte und versuchte mich zu beeilen:

Salut!

*Hab's grad etwas eilig.
Die Putzfrau ist drauf und dran
mein Zimmer zu stürmen,
deshalb fass ich mich kurz..*

*Hôtel et le petit déjeuner
sont tres bien! :)
Wetter est merde! :(
Aber über den Wolken, hoch oben
auf dem Eiffelturm ist es Atemberaubend schön – Sonne Pur!*

*Ganz liebe Grüße aus Paris,
Chris*

Die Postkarte war für meinen Bruder und seine Freundin. Sie besteht auf Postkarten, da führt bei ihr kein Weg dran vorbei. Auch wenn es nur drei Tage Urlaub sind.
Was ich in diesem Moment noch nicht wusste war das genau zur selben Zeit zwei mit Maschinengewehren bewaffnete, maskierte Männer das Gebäude von Charlie Hebdo betraten.

Ich schob die Postkarte in den Briefumschlag den ich dazu bekommen hatte und schrieb die Adresse drauf. Als es plötzlich donnerte schrock ich hoch.
Wie erwartet stand die Putzfrau vor meiner Zimmertür.
>>Just a few minutes please.<< rief ich durch die Tür.
Ich schnappte mir einen kleinen Zettel auf den ich „Merci Beaucoup" schrieb und kramte Fünf Euro in Münzen aus meinem Portmonee die ich zusammen mit der Notiz auf dem Tisch liegen lies.
Ein kleines Trinkgeld war angebracht. Jedes mal wenn ich einer der Putzfrauen begegnete grüßten sie mich freundlich. Ein paar Euro mehr in ihrer Haushaltskasse konnten sie sicher gut gebrauchen.
Ich zog meine Jacke wieder an und schnappte mir mein Handy. Es hatte immerhin bis 95% aufgeladen, das sollte bis heut Abend reichen.
Nachdem ich das Hotel verlassen hatte, machte ich mich auf den Weg zu Liberty. Ich konnte es kaum erwarten sie zu sehen.
Also Amélie meine ich - nicht die Statue, so faszinierend und schön

sie auch war.
Statt zu laufen fuhr ich den größten Teil der Strecke bis zur Freiheitsstatue mit der Metro. Ich musste einmal umsteigen. Ging aber recht fix bis ich an der Station Javel - André Citroën ankam.
Es war noch ein stückchen weiter flussaufwärts. Dadurch ging ich geradewegs auf die Statue zu. Aus der Entfernung konnte ich sie jetzt noch viel besser betrachten. Wäre der Eiffelturm nicht völlig in den Wolken untergegangen hätte das ein noch besseres Bild abgegeben.
Bis auf ein paar Einheimische die Sport trieben war wieder wenig los als ich bei Liberty ankam.
Ich konnte es kaum abwarten Amélie wieder zu sehen. Aber sie schien noch nicht hier zu sein.
Ich wartete eine Weile und ging ein paar mal um die Freiheitsstatue herum. Aber sie kam und kam nicht.
Als mir dann langsam langweilig wurde zündete ich mir eine Zigarette an und schaute auf mein Handy.
Es war inzwischen bestimmt schon eine halbe Stunde vergangen. Sie hatte sich auch nicht mehr gemeldet. Ich fragte mich unwillkürlich ob

sie sich das mit dem Treffen anders überlegt hatte und dass das gestern eine einmalige Sache bleiben würde.
Ich überlegte kurz sie anzurufen, entschied mich dann aber dagegen.
Wie hätte das denn ausgesehen?
Ihr wisst was ich meine.
Nachdem ich aufgeraucht hatte stellte ich mein Handy auf Flugzeugmodus um. Dieses mal wollte ich mit dem Akku den restlichen Tag über auskommen.
Daraufhin machte ich mich - etwas enttäuscht - wieder auf den Weg zur nächsten Metrostation.

10.

Der Louvre wirkte gigantisch. Allein auf dem Platz zwischen den alten, imposanten Gebäuden zu stehen war beeindruckend.

Die gläserne Pyramide inmitten des Platzes kennt ihr ja wahrscheinlich. Wenn man direkt davor stand wirkte sie noch viel größer als auf den Bildern die man kannte.

Im Gegensatz zum Eiffelturm heute Früh, hatte sich hier vor dem Eingang an der Pyramide eine ziemlich lange Schlange gebildet. Es verging ungefähr etwas über eine halbe Stunde bis ich die Sicherheitskontrollen am Eingang passieren konnte.

Das ging ja noch, dachte ich.

Als ich aber mit den Rolltreppen hinunter fuhr war in der riesigen Eingangshalle alles voller Menschen. Es gab zwar zu allen Seiten Kassen an denen man Tickets kaufen konnte. Aber vor jeder Kasse befand sich eine weitere lange Warteschlange.

Ich stand schon zehn Minuten an einer Schlange an, als ich bemerkte das sich direkt neben der Kasse Automaten befanden an denen kein Mensch stand. Nur so als Tipp für euch falls ihr mal den Louvre be-

sucht – wenn ihr eine Kreditkarte habt, geht direkt zu den Automaten. Oder kauft euch die Tickets einfach direkt vorab im Internet.
Am Automaten zog ich mir dann ein Ticket für den Eintritt und ein weiteres für einen Audio-Guide.
Den Audio-Guide konnte ich mir eine Etage höher am Eingang zu einer der Ausstellungen abholen.
Die fünf Euro für den Nintendo 3DS waren meiner Meinung nach aber raus geschmissenes Geld. Dabei handelte es sich um eine Art interaktiven Audio-Guide, bloß halt auch mit Video bzw. 3D-Bildern.
Auf den ersten Blick war es ein lustiges Gadget, lohnte sich aber nicht wirklich für mich. Ich schätze die Teile sind eher was für Familien mit Kindern. Mit so einem elektronischen Spielzeug in den Händen ist der Nachwuchs gut beschäftigt. Das hat so manchen Eltern bestimmt schon den Besuch im Louvre versüßt.
Auf dem Bildschirm des Gerätes wurden einem die Grundrisse der Räume, Bilder und Zusatzinfos angezeigt. Über Kopfhörer wurde dann in einer Sprache nach Wahl etwas zu den diversen Kunstwerken erzählt.

Jedes mal wenn man einen bestimmten Raum im Louvre betrat, sollte das Teil erkennen wo man sich gerade befand und dann einfach anfangen zu erzählen. Funktionierte nur leider nicht immer. Zudem lenkte es einfach von der tollen Atmosphäre dieses besonderen Museums ab.
Und eins kann ich euch sagen: dieses Museum ist der Hammer!
Ich langweil euch jetzt nicht mit den ganzen Statuen von römischen Kaisern und ägyptischen Gottheiten die mich schon ganz am Anfang des Rundgangs überwältigt haben. Aber zu den Gemälden die danach kamen muss ich dann doch ein paar Worte los werden.
Ich bin kein großer Kunstkenner und hab mir auch nie viel aus solchen Bildern gemacht. Aber wenn man erst einmal die riesigen Gemälde im Louvre gesehen hat, weckt das denke ich in jedem noch so großen Kunst-Banausen ein gewisses Interesse. Diese Jahrhunderte alten Bilder waren so farbenprächtig und so voller Leben. Teilweise wirkten sie real, teilweise wirkte es erschütternd was darauf dargestellt war.

Und hin und wieder fand man sich vor einem solchen Gemälde wieder und fragte sich unwillkürlich: Was wollte uns der Künstler damit sagen?
Klingt lustig - is aber so!
Oder man stand einfach davor und war geblendet von der Schönheit. Eine Schönheit die man versuchte zu erfassen, was einem aber mitunter nur schwierig gelang.
Die Szenen die auf den Bildern dargestellt waren, konnten mehr Gefühle erzeugen als so manch ein Kino-Film. Es war dramatisch.
Ich könnte euch jetzt auch von der Mona Lisa erzählen. Dort standen die meisten Menschen vor. Es war ein riesiges Gedränge um dieses Bild. Die Mona Lisa war auch die einzige die sich hinter Panzer-Glas und einer langen Absperrung befand. Ja, man musste sie einmal gesehen haben. Und ja, auch mich faszinierte ihr Blick.
Aber besonderes Interesse weckte bei mir eine Galerie mit französischen Werken. Vor einem Gemälde von Anne-Louis Girodet-Trioson stand ich minutenlang vor und versuchte es zu begreifen.
Wenn ihr mal in Paris seid, dann seht es euch an. Man kann es einfach

nicht in Worte wiedergeben wie fesselnd diese Kunstwerke sind.
Auch mein Pflicht-Besuch bei der Venus von Milo war nicht weniger eindrucksvoll. Rund um die lebensgroße Statue versammelten sich dutzende Leute um einen Blick auf sie zu erhaschen. Sie hatte etwas besonderes das einen in ihren Bann zog. Mag sein das es auch mit ihrer Berühmtheit zusammen hing, so wie bei der Mona Lisa. Aber da war noch etwas anderes. In dem Raum wo sie stand befanden sich noch dutzende weitere Statuen von Aphroditen. Aber keine war so schön wie die Venus von Milo.

11.

Vom Louvre fuhr ich dann mit der Metro zu Châtelet und von dort eine Station weiter zu Cité. Die Station befindet sich auf einer Insel in der Seine.

Als ich die Metro verließ gelangte ich auf einen ziemlich ruhigen Platz. Ich schaute mich nach der Kathedrale um wo ich als nächstes hin wollte. Aber wegen der hohen Gebäude ringsherum konnte ich nicht entdecken in welcher Richtung sie lag. Ich ging einfach los bis ich zur nächsten Straße kam.

Auf dem Gehweg war es voller Leute die allesamt stehen blieben und auf die gegenüberliegende Straßenseite gafften. Ihr kennt das - man kann nicht anders als sich dazu zu stellen um zu sehen was dort los ist.

Hinter einem mit goldenen Verzierungen beschmückten Tor befand sich ein prunkvolles Gebäude das an eine Art Kirche oder Kathedrale angeschlossen war.

Wie sich heraus stellte war dies die Sainte-Chapelle. Anscheinend war es ebenfalls ein Touristen-Magnet - aber halt nicht derjenige nach dem

ich suchte.
Es war jedoch nicht die Kapelle, die die Leute dort begafften. Es lag vielmehr daran das auf der gesamten Straßeseite dutzende Polizei-Wagen und große Bullis mit blauem Blinklicht standen.
Ich konnte nicht wirklich ausmachen was da los war. Also ging ich weiter.
Um mir einen besseren Überblick zu verschaffen wo ich eigentlich war und wo ich her musste, ging ich auf eine Brücke über die man die Insel verlassen konnte.
Auf der Mitte der Brücke blieb ich stehen und sah mich um. Mein Blick suchte nach Notre Dame. Aber sie war nirgends zu sehen.
Komisch, das müsste doch ein riesen Ding sein. Dachte ich.
Schließlich griff ich zu meinem Smartphone und deaktivierte den Flugmodus. Ich schaute lieber auf der Karte im Internet nach wo ich überhaupt bin und wo ich her muss.
Als mein Handy die Internetverbindung hergestellt hatte spielte es allerdings plötzlich völlig verrückt.
Es vibrierte dutzende Male und Nach-

richten von verschiedenen Programmen sprangen auf.
Ich hatte sechs Mailbox-Nachrichten und mehrere dutzende Whatsapp-Messages.
Ich fragte mich ob Amélie sich doch noch gemeldet hatte.
Die neuesten Nachrichten verwunderten mich etwas:

Kati: >>Alles gut bei dir?<<

Von meiner Mom: >>Hey meld dich mal ob alles in Ordnung ist!<<

Christian: >>Hey, lebst du noch?<<

Und noch zig weitere Nachrichten mit dem selben Inhalt.
>>Was zum Teufel..<< murmelte ich vor mich hin.
Dann schaute ich mich um während ich immer noch mitten auf der Brücke stand. Erst bemerkte ich das ständig Polizeiwagen mit Blaulicht über die Brücke fuhren. Als ich den Fluss hinunter zur anderen Brücke sah rasten dort auch Polizei Autos her.
Ich schaute wieder runter auf mein Handy und scrollte ein Stück weiter hinunter. Die älteste Nachricht war

von Amélie. Sie musste mir geschrieben haben als ich im Louvre war:
>>Hey Chris, hope you're ok. There was a terrible terror attac in Paris today. I'm sorry that i stood you up, but i had stayed in the office. Please take care of you!, Amélie<<
Plötzlich wurde mir ganz anders. Das freie schwebende Gefühl mit dem ich durch Paris gezogen bin war mit einem mal verschwunden. Es war als wäre ich in eine völlig andere Realität hineingerissen worden.
Mitten auf dem Gehweg der Brücke nahm ich die vielen Leute die an mir vorbeigingen nur noch schemenhaft war. Ich tippte mehrmals die Worte „Alles okay, mir geht's gut" ins Handy und schickte es allen die nachgefragt hatten. Wollte irgendwie nicht das sich jemand unnötig sorgen macht.
Danach ging ich sofort in meinen Browser und besorgte mir kurzerhand ein News-Update.
Es war grauenhaft was dort stand.
Als ich dann auf einer Karte der News-Seite sah wo sich der Anschlag ereignete, konnte ich auch entdecken wo Notre Dame war. Der Anschlag war nicht weit von hier entfernt. Und die Monster die das Getan hatten be-

fanden sich gerade auf der Flucht.
Ich wählte die Nummer meiner Mutter und steckte mein Handy zurück in die Hosentasche. Über meine Kopfhörer mit denen ich normalerweise Musik hörte kam ein Freizeichen. Während ich in Richtung Notre Dame ging beruhigte ich sie und sagte ihr das sie sich keine Sorgen machen solle. Die Polizei-Sirenen im Hintergrund waren dabei wenig Hilfreich.

12.

Auf dem Platz vor Notre Dame angekommen atmete ich einmal tief durch. Vor der großen Kathedrale mit seinen beiden weltberühmten Türmen stand noch ein riesiger Weihnachtsbaum. Auch die Lichterketten und die großen silbernen und violetten Weihnachtskugeln hatten sie noch nicht abgenommen.
In einer anderen Situation hätte dieses Bild aller Wahrscheinlichkeit nach noch schöner gewirkt, dachte ich.
Als ich die Kathedrale betrat verstummten die Polizeisirenen hinter mir. Man konnte sie nur noch ganz schwach im Hintergrund wahrnehmen. In der Kathedrale selbst ertönte ein angenehmer Chor-Gesang. Man fühlte sich von jetzt auf gleich deutlich sicherer hinter den dicken Kirchenmauern. Es fühlte sich ein bisschen an wie ein friedlicher Rückzugsort, völlig zurückgezogen von der schnellen und chaotischen Welt dort draußen. In diesem Moment mehr denn je.
Kurz hinter dem Eingang stieß ich auf ein großes Weihwasser-Becken aus Stein. Abgesehen von der Größe an

sich nichts ungewöhnliches in einem Haus Gottes. Was mich aber mehr interessierte waren die Worte die an den Seiten des Beckens in den Stein gemeisselt waren. Auf einer Seite in französisch und auf der anderen Seite in englisch:

I AM THE WAY WHICH SEEKS TRAVELERS

Und auch wenn ich selbst kein all zu gläubiger Mensch bin, fühlte ich mich genau in diesem Moment hier richtig. Ich fühlte mich willkommen und auch ein bisschen geborgen.
Und das war ungewöhnlicher als es sich im ersten Moment anhört. Ich wurde zwar streng katholisch erzogen, habe es als Kind aber nie gemocht in die Kirche zu gehen. Die Messbesuche und die Dienste als Messdiener waren für mich immer ein Graus. Es war wirklich jedes mal einfach nur eine unangenehme Pflicht. Seit meiner Jugend habe ich dann das innere einer Kirche, auch nur noch aus besonderen Anlässen gesehen.
Aber hier war es völlig anders. Ich war aus freien Stücken in dieser Kathedrale. Aus meiner persönlichen Entscheidung heraus. Und das fühlte

sich schön und richtig an.
Gedankenverloren folgte ich dem Pfad durch die Kathedrale. Er führte quasi einmal rund um die Sitzbänke in der Mitte herum. Das Kirchenschiff war gigantisch. Zusammen mit dem ruhigen gleichmäßigen Gesang des Chores im Hintergrund durchfuhr mich das Gefühl von Frieden und Sicherheit. Nachdem ich eine Runde gedreht hatte setzte ich mich spontan auf eine der Bänke und schaute in die Weite des hohen Gebäudes.
Eine ganze Zeit lang saß ich einfach nur da und ließ die Atmosphäre auf mich einwirken. So wie es viele andere Leute um mich herum auch taten.

13.

Nachdem ich Notre Dame verlassen hatte überlegte ich kurz mir ein Taxi zurück zum Hotel zu nehmen. Entschied mich dann aber dagegen. Ich verließ die Insel über eine andere Brücke als vorhin und erkundete die nähere Umgebung zu Fuß.
Eine Weile lang schlenderte ich einfach nur so durch die Gegend, betrachtete die Gebäude und die Leute um mich herum. Hier und da kamen mir Pärchen händchenhaltend entgegen. Es schien alles seinen normalen Gang zu gehen. Wahrscheinlich wussten es viele auch noch gar nicht was heute Mittag geschehen war. Als es allmählich begann dunkel zu werden ging ich in die nächste Metro-Station um zurück zum Place de la Concorde zu fahren.
Dort angekommen verließ ich die Bahn und sah mich nach meiner Umsteigemöglichkeit um.
Ein langer Weg führte unter der Erde zum Gleis wo ich hin musste um zurück zu Èco Militaire zu gelangen. Im Tunnel dröhnte der Sound einer E-Gitarre. Es war der Tittelsong von Pulp Fiction. Der Klang hier war wie

geschaffen für den Song „Misirlou" von den Surf Boys. Einige Meter weiter kam ich dann auch an dem Mann vorbei der an der rechten Seite seinen Verstärker aufgebaut hatte und dort wild auf seiner Gitarre spielte. Es hörte sich zwar toll an wie dieser Sound durch den unterirdischen Tunnel hallte und es hatte auch etwas cooles an sich, wäre aber an jedem anderen Tag passender gewesen. Nur irgendwie hallt nicht heute.
Am Ende des Tunnels ging links eine Treppe hinunter zu meinem Bahnsteig. Das sich die Leute dort etwas stauten erklärte ich mir dadurch das wohl Stoßzeit vom Feierabendverkehr seien würde.
Kurz darauf kam jedoch eine laut rufende Frau die Treppen hoch. An ihrer Kleidung konnte ich erkennen das es sich um eine Bahn-Angestellte handelte.
Obwohl sie es auf französisch rief war mir sofort klar was sie gesagt hatte: Die Bahn-Strecke wurde bis auf weiteres komplett gesperrt.
Ich fragte mich direkt ob es etwas mit dem Anschlag zu tun hatte.
Es blieb mir nichts anderes übrig als die Station zu verlassen.

Nachdem ich die Treppen hoch zum Place de la Concorde hoch gegangen war hielt ich nach einem Taxi ausschau. Die schienen jedoch zum jetzigen Zeitpunkt ziemlich rar zu sein.
Ich hatte keine große Lust die drei Kilometer bis zu meinem Hotel zu Fuß zu gehen. Machte mich aber weil ich keine andere Wahl hatte trotzdem auf den Weg.
Als ich über eine Brücke das Ufer der Seine wechselte, konnte ich von Weitem den inzwischen Hell erleuchteten Eiffelturm erkennen. Wie den Rest des Tages aber nur die Hälfte davon. Die andere Hälfte ragte hell Leuchtend in die Wolken.
Erneut ertönte das laute Geheul der französischen Polizei-Sirenen und eine ganze Kolonne von Einsatzfahrzeugen raste in die Richtung in die ich grad blickte.
Auf der anderen Seite der Seine ging ich ein Stück das Ufer entlang. In der Dämmerung reflektierte das Wasser des Flusses die Lichter von Paris. Ich fragte mich wie man diese Stadt nicht mögen kann.
Die nächste Brücke an der ich vorbei kam wurde von zwei riesigen Steinsäulen, zu dessen Füßen gewaltige

Statuen mit langen goldenen Schwertern in der Hand saßen, bewacht.
Ich überquerte aber die Kreuzung in die entgegengesetzte Richtung und ging auf das hell erleuchtete Hôtel des Invalides zu. Hinter dem Invalidendom war es dann auch nicht mehr weit bis zu meinem Hotel. Allerdings kam es anders.
Ein kleiner Laden an der Linken Straßenseite hielt mich davon ab weiter zu meinem Hotel zu gehen.
Der Blumenladen wirkte irgendwie einladend. Er hatte etwas schönes an sich das mich anzog. Einen ähnlichen Laden hatte ich in Deutschland noch nie zuvor gesehen. Als ich durch die Schaufenster sah hatte ich das Gefühl ich würde in ein Mini-Biotop schauen. Der Laden war voller großer und kleiner Pflanzen. Und diese waren so hergerichtet als würden sie in dem Laden frei wachsen. Den Eindruck den ich von aussen bekam war drinnen keines Wegs anders. Es war wie eine kleine eigene Welt, mitten in Paris. Ich ließ mir von der Floristin einen kleinen Strauß aus Lavendel, weißen Lilien, und ein paar roten Rosen zusammen stellen.
Statt direkt zum Hotel zu gehen,

schaute ich in der Metrostation von École Militaire ob die Strecke wieder freigegeben war. Glücklicherweise war sie das.
Nachdem ich bei Javel – André Citroën angekommen war machte ich mich mit dem Strauß direkt auf den Weg zur Liberty um ihn dort niederzulegen. Im Nachhinein mag es vielleicht kitschig klingen. Aber an diesem Abend war mir einfach danach.
Als ich an der Freiheitsstatue ankam sah ich plötzlich Amélie. Mit verschränkten Armen stand sie davor und schaute gedankenverloren an ihr hoch. Als sie mich bemerkte schaute sie im ersten Moment verwundert. Aber dann wich ihr Blick von Verwunderung in Erleichterung. Sie kam geradewegs auf mich zu und ohne ein Wort zu sagen umarmte sie mich. Einige Sekunden lang standen wir einfach so dort und hielten einander fest.
Es war ein irrsinniger Zufall das wir beide uns genau jetzt an dieser Stelle wieder sahen obwohl wir es gar nicht verabredet hatten.
Sie sah mir in die Augen und küsste sanft meine Lippen. Ich konnte gar nicht anders, als den Strauß Blumen

den ich in meiner rechten Hand hielt ihr zu geben. Noch immer sagte sie kein Wort.
Sie drehte sich bloß um und ging mit dem Strauß auf die Freiheitsstatue zu. Und als hätten wir beide den selben Gedanken gehabt legte sie den Strauß davor nieder.
Ich ging zu ihr hin und nahm sie erneut in den Arm.
Wir standen noch eine ganze Weile dort, ohne ein Wort zu sagen.
Irgendwann nahm sie dann meine Hand und wir gingen das Flussufer entlang hoch bis zum Eiffelturm.
Die Wolken waren inzwischen viel höher. Und zusammen mit Amélie sah ich den Eiffelturm nun zum ersten mal in voller Größe. Er war hell erleuchtet und zwei Scheinwerfer die auf seiner Spitze angebracht waren durchfuhren gleichmäßig den Himmel.

Dritter Tag in Paris

08.01.2015

14.

Als ich am darauf folgenden Tag erwachte, wusste ich im ersten Moment nicht wo ich war.
Es war definitiv nicht das Bett meines Hotelzimmers. Dieses war viel größer. Und die Decke und das Kissen viel flauschiger.
>>Bonjour Chéri.<<
Ihre sanfte Stimme brachte die Erinnerungen an gestern Abend wieder zurück.
Sie hatte mich mit zu ihr genommen. Dann hatte sie für uns gekocht. Sie hatte eine Art Torte mit Schinkenwürfeln und Creme Fraiche gebacken. „Quiche lorraine" nannte sie es. Es war mächtig, aber herzhaft und super lecker. Dazu gab es Salat und Rotwein. Besser hätte ich nicht französisch Essen können.
Nach dem Essen hatten wir kurz den Fernseher angemacht und die Nachrichten gesehen. Es kam auf allen Sendern. Und abgesehen davon haben sie noch ein Video davon gezeigt wie die beiden Attentäter einen Polizisten auf offener Straße angeschossen haben. Als er dann auf dem Boden noch um Gnade flehte, schoss ihm einer der

beiden im vorbei gehen einfach so in den Kopf. Es war abscheulich.
Nachdem sie den Fernseher abgestellt hatte lag sie den restlichen Abend in meinen Armen. Nach mehr als kuscheln war uns beiden nicht zumute. Als wir dann ins Bett gegangen sind haben wir einfach weiter geschmust bis wir eingeschlafen waren.
Und jetzt kam sie in ihren kurzen Hotpants und ihrem engen Top auf mich zu gehüpft und sprang zu mir ins Bett. Sie küsste mich.
>>Hast du gut geschlafen?<< fragte sie.
>>Wie Gott in Frankreich.<< sagte ich und zwinkerte ihr zu.
Sie grinste und fing an mich zu kitzeln.
>>Hey!<< rief ich entsetzt.
>>Na los, raus aus den Federn!<< Dann schlung sie ihre Arme um mich herum und gab mir einen zärtlichen Kuss.
>>Okay, okay. Ich geb auf. Du hast gewonnen.<<
Ich stand auf und streckte mich.
>>Très bon,<< sagte sie lächelnd. >>Jetzt du hast dir Frühstück verdient.<< Dann nahm sie meine Hand und zog mich zum Esstisch.
Ihre Wohnung wirkte wie ein Loft und

bestand aus einem großen Raum der aufgeteilt war in einen Wohnbereich mit Couch und TV, in einen Schlafbereich mit einem breiten Bett und einem Kleiderschrank und einem weiteren Bereich in dem Bücherregale und der Esstisch standen. Die Küche grenzte direkt offen daran an.

>>Setz dich.<< sagte sie und hüpfte vergnügt in die Küche.

Sie musste den Tisch schon vorher gedeckt haben. In der Mitte stand diverser süßer Aufstrich wie Marmelade und Haselnuss-Creme, und direkt vor mir eine Tasse mit dampfend heißer Schokolade.

Ein paar Sekunden später kam sie mit einem großen Teller voller Crêpes zurück.

Sie stellte ihn in die Mitte des Tisches, setzte sich gegenüber von mir und hob ihre Hände seitlich in die Luft. >>Bon appétit.<< sagte sie mit strahlenden Augen.

Was soll man dazu noch sagen, dieses Mädchen raubt mir einfach den Verstand.

15.

Da der Präsident für die ganze Nation einen Tag der Trauer für heute angeordnet hatte, musste Amélie heute nicht arbeiten. Trotzdem machte ich mich nach dem Frühstück erst einmal allein auf die Socken, da ich ja auch noch meine Sachen aus dem Hotel holen und auschecken musste.
Ich versprach ihr das wir uns später noch einmal sehen würden und schlug ihr vor das wir uns an der Sacré-Cœur de Montmartre treffen.
Schließlich lenkte sie ein und ließ mich - wenn auch widerwillig gehen.

Auf Wunsch der Daheimgebliebenen musste ich aber zunächst noch ein paar Mitbringsel besorgen. Da ich in der nähe keinen Souveniershop fand der offen hatte fuhr ich mit der Metro bis Franklin D. Roosevelt und schlenderte von dort über die Champs-Élysées.
Die Avenue wirkte vollkommen anders als vorgestern. Sie war wie ausgestorben. Das Wetter spiegelte die Stimmung treffend wieder. Durch die grauen Wolken wirkte alles viel düsterer.

Die Straßen waren nass vom Regen.
Paris war in Trauer und irgendwie war es als ob der Himmel weinte.
Die noblen Läden entlang der Champs-Élysées waren allesamt geschlossen. An den Zeitungsständen hingen große schwarze Plakate auf denen „JE SUIS CHARLIE" zu lesen war.
Diese drei kleinen Worte waren seit gestern um die ganze Welt gegangen. Wie ein lauffeuer verbreitete sich dieser kleine Satz über die gesamte Menschheit. Drei kleine Worte die so unendlich viel aussagen.
Ich bin Charlie - ich bekenne mich zu dem wofür Charlie Hebdo steht. Nicht nur für Meinungs- und Pressefreiheit sondern für Freiheit im Allgemeinen. Und wir sind alle Charlie, nicht nur in Frankreich und Europa. Sondern jeder Mensch auf diesem Planeten der sich dieser Werte verschrieben hat.
Wir in Europa haben einen langen, steinigen Weg hinter uns, der keineswegs rümlicher ist als das was heute religöse oder faschistische Fanatiker treiben. Aber die Mehrheit von uns hat dazu gelernt. Und wir können mit Stolz sagen das wir seit über 70 Jahren größtenteils in Frieden nebeneinander leben und uns

der Welt geöffnet haben.
Ich für meinen Teil hoffe das dieser Prozess anhällt und wir uns nicht aus Angst vor denen, die unsere Freiheit bedrohen, vor der restlichen Welt verschließen. Wenn wir das nämlich täten, hätten sie es schon geschafft. Sie hätten unsere Freiheit eingeschränkt.
Ich musste an ein Schild denken, welches ich in den Nachrichten jemand in Paris hochhalten sah:

NOT AFRAID

Und ich glaube das bringt es auf den Punkt wie wir mit dieser Situation umgehen sollten. Und das ist es auch wie die Menschen in Paris in den darauffolgenden Tagen damit umgegangen sind. Und davor hab ich größten Respekt.

Einen Souveniershop fand ich erst kurz vor dem Arc de Triomphe in einer kleinen Seitenstraße.
Es war einer der wenigen Läden die überhaupt geöffnet hatten.
Nach dem ich etwas gestöbert hatte entschied ich mich für zwei kleine Miniatur-Eiffeltürme und eine kleine Version der Venus von Milo.
Es war ganz klar Standard-Merchan-

dising für Touris. Aber trotzdem bereiten solche Kleinigkeiten immer Freude wenn man sie aus dem Ausland mitbringt. Ich konnte auch nicht anders als mir selbst noch ein T-Shirt, mit einem Paris Schriftzug der mir gefiel, zu kaufen.
Es war wie mit London. Anfangs ist man eingeschüchtert von dieser riesigen Stadt. Dann verschmilzt man mit ihr zu einer Einheit. Man lässt sich mitreissen von dem Strom der Menschen die durch die Straßen und U-Bahnen ziehen - und wird einer von ihnen. Am liebsten würd man bleiben und ein Teil von der Stadt werden. Trotzdem reist man wieder ab und kauft vorher noch ein T-Shirt.
Schließlich ging ich zur nächsten Metro-Station Charles de Gaulle-Étoile und fuhr zurück zum Hotel.

16.

Im Hotelzimmer schloss ich erst einmal mein Handy, das schon nach Strom ächzte, ans Netzteil an.
Danach sprang ich direkt unter die Dusche. Unter dem warmen Wasser ging mir erneut Amélie durch den Kopf. Später würde ich sie noch einmal sehen. Aber was dann? Würde ich sie je wieder sehen nach dem ich erst einmal die Stadt verlassen habe und wir beide wieder in unser alltägliches Leben zurück gekeht sind?
Ich hofft es, aber mit gewissheit sagen konnte ich es nicht.
Es dauerte nicht sonderlich lang zu packen. Ich verstaute die paar Klamotten die ich mitgebracht hatte in meinem Rucksack und prüfte noch einmal das ich auch nichts vergessen hatte.
Als ich auf die Uhr schaute war es schon viertel vor Zwölf. Bis Zwölf musste ich auschecken. *Passt.*
Ich packte das Netzteil zu den anderen Sachen in meinem Rucksack, nahm mein Handy mit und fuhr mit dem Aufzug hinunter ins Erdgeschoss.
An der Rezeption saß eine junge Französin. Ihre langen Haare waren ge-

lockt und dunkelblond. Sie begrüßte mich freundlich.
>>Bonjour Mademoiselle.<< sagte ich zu ihr und erwiderte ihr Lächeln.
Im Zimmer hinter der Rezeption sah ich die Junge Frau bei der ich vorgestern noch eingecheckt hatte. Sie ging irgendwelche Papiere durch, sah aber dann kurz zu mir hoch und schenkte mir ein kurzes Lächeln.
>>I like to check out, please.<< sagte ich zu der blonden und gab ihr die Schlüsselkarte meines Zimmers.
>>Hope you had a nice stay, was everything to your convenience?<<
>>Of course, everything was perfect, thank you very much.<<
Dann gab sie mir die Rechnung. Für die zwei Nächte und das durchaus gute Frühstück gestern Morgen belief sich die Summe auf 143 Euro.
Bei der zentralen Lage und der Sauberkeit des Hotels um ein vielfaches günstiger als London.
Ich hab schon vielfach erwähnt das mir London ziemlich gut gefällt. Aber die Hotels? Viel Geld für heruntergekommene Absteigen.
Ich bezahlte die Rechnung mit Kreditkarte und verabschiedete mich.
Mit meinem Rucksack auf dem Rücken

ging ich dann die paar Meter bis zur Metro-Station. Mit meinem *Papierschnipsel* - jetzt mal im ernst, die Oystercard macht mehr her - passierte ich die Schranke und ging hinunter zur Bahn die im selben Moment eintraf.

Gerade als ich eingestiegen war, ertönte ein lautes Signal. Eine französische Ansage verkündete über die Lautsprecher eine Schweigeminute für die Opfer des gestrigen Anschlags. Ich schaute auf die Uhr, es war genau Zwölf Uhr. Alle Leute um mich herum blieben abrupt stehen und wurden mucksmäuschenstill. Die Blicke der meisten schienen in Gedanken vor sich auf den Boden zu fallen.

Normal hielten die Bahnen der Metro nur einige Sekunden und fuhren dann direkt weiter. Doch jetzt blieben die Türen während dieser ganzen Minuten geöffnet. Die komplette Pariser Metro stand still. Ganz Paris war in diesem Moment verstummt.

Und auch ich stand regungslos da und schwieg. Mir kamen die Angehörigen der Opfer in den Kopf. Wer würde damit rechnen, einen Freund oder Verwandten auf so eine Art zu verlieren?

Mir wurde klar wie tief einen so eine Schweigeminute bewegen kann.
In dieser Minute wurde kein Wort gesprochen und doch so unendlich viel gesagt.
Als die Minute um war ertönte erneut ein Signal und die Stimme aus den Lautsprechern bedankte sich höflich bei den Passagieren die sich jetzt, wie aus einer Erstarrung erwacht, wieder in Bewegung setzten. Manche Leute suchten sich einen Sitzplatz, ein paar andere die eben noch regungslos vor der Bahn standen stiegen ein, einer schlug seine Zeitung auf. Das Leben ging weiter.

17.

Pigalle ist das Amüsierviertel von Paris. Wenn ich es einem Deutschen mit einem Atemzug beschreiben müsste, würde ich einfach sagen *St. Pauli*.
Jetzt zur Mittagszeit war es jedoch nicht so auffällig verrucht wie am Abend. Die vielen bunten Lichter fehlten einfach. Zumal war es hier genauso nass und düster wie eben noch auf der Champs-Élysées. Unter dem Himmel sind wir alle gleich, egal im Prunk oder in der Gosse.
Wie es auf der Champs-Élysées riesige Edelbotiquen gab, so gab es hier riesige SexShops. Während ich an ihnen vorbeiging erhaschte ich einen kurzen Blick in die Schaufenster und konnte mir das Lachen nicht verkneifen. Hinter den Scheiben wurden unter anderem kleine pinke Eiffeltürme zum Verkauf angeboten. Die Spitze dieser Eiffeltürme war jedoch nicht *Originalgetreu*. Naja ihr könnt euch sicher in etwa vorstellen wie die geformt war.
Auf der anderen Straßenseite reihten sich diverse Bars und Stripschuppen aneinander. Ich folgte ihnen soweit

bis ich gefunden hatte wonach ich suchte. Ein Gebäude auf derem Dach sich eine alte Windmühle befand - und das komplett in Rot.
Sah am hellichtem Tage allerdings ebenfalls ziemlich unspektakulär aus. Moulin Rouge lohnt sich nur in den späten Abendstunden, stellte ich fest. Das werd ich irgend ein anderes Mal nachholen müssen.
Mir blieb ohnehin nicht viel Zeit, da ich noch mit Amélie verabredet war.
Auf der gegenüberliegenden Straßenseite von Moulin Rouge standen mehrere Taxis. Ich ging zum vordersten und öffnete die Tür.
>>Sacré-Cœur, se il vous plaît<< sagte ich und stieg in das Auto.
Der Fahrer drehte sich zu mir um und sagte etwas auf französisch. Dabei deutete er aus dem Fenster hoch zum Hügel. Obwohl ich kein Wort von dem was er sagte verstand, war mir klar das er meinte das Sacré-Cœur nur den Hang hinauf ist. Es wäre kürzer zu Fuß als der Umweg mit dem Auto. Es war nett von ihm mich drauf hinzuweisen. Aber ich ließ mich trotzdem von ihm fahren. Ich war schon genug gelaufen.

Oben angekommen bedankte ich mich bei ihm und rundete die €7,50 auf Zehn auf. Als ich die Tür des Taxis hinter mir zu schlug fand ich mich inmitten von Touristen wieder. An der Straße an der ich stand führten Treppen hinunter zu einem breiten Aussichtspunkt und Treppen hinauf zur Sacré-Cœur. Ich ging erst einmal hinauf.

Es war noch immer am nieseln. Trotzdem war der Ausblick über die Stadt von hier oben unbeschreiblich. Wie auf einem Panorama konnte man von hier über die ganze Stadt blicken. Ich schaute kurz auf die Uhr und beschloss mir den Anblick für gleich aufzuheben wenn Amélie dabei wäre. Dann ging ich die nächste Treppe hoch zur Basilika und betrat die Sacré-Cœur.

Anders als in Notre Dame standen hier überall Hinweisschilder das fotografieren verboten war.

Die Bänke in der Mitte waren reichlich mit Menschen gefüllt. Drumherum war eine Absperrung. Und dahinter ein Teppich über den die Touristen einmal komplett durch die Basilika wandern konnte. Bis auf einen kleinen Buchladen der sich auf der lin-

ken Seite befand, fand ich es eher unspektakulär.
Es dauerte nicht lang bis ich das Gebäude wieder verlassen hatte.
Gerade als ich die Treppen hinunter gegangen bin und auf der kleinen Aussichtsplattform etwas weiter unten angekommen war, traf ich auf Amélie.
>>Salut!<< rief sie mir entgegen. Sie wirkte freudestrahlend.
Es ging mir aber selbst nicht anders. Seit dem ich heute morgen ihre Wohnung verlassen hatte, sehnte ich mich nach ihr. Ist schon komisch was die Hormone mit einem machen wenn man frisch verliebt ist.
Wir küssten uns und ich hielt sie eine Weile lang im Arm während wir die Stadt betrachteten.
Von hier aus wirkte es, als würde man Millionen von Geschichten aus der Ferne betrachten. Da unten waren Millionen von Leben die alle etwas erlebten. Die alle etwas zu erzählen hatten. In dem Augenblick dieses Gedankens bekam ich eine Gänsehaut.
Ich zog Amélie zu mir und küsste sie. Danach nahm ich ihre Hand und wir verließen die Aussichtsplattform über einen kleinen Pfad, der sich

auf der linken Seite befand. Eine kleine Teppe führte etwas weiter hinunter. Dieser kleine Pfad wirkte wie im Märchen. Über unseren Köpfen war er rundherum mit Pflanzen bewachsen. Falls ihr schonmal da wart werdet ihr sicher wissen was ich meine. Wir gingen den Hügel weiter hinunter, vorbei an den Trickbetrügern die unten am Fuß der Treppen schon auf einen warteten, vorbei an den vielen Souvenier-Läden die sich dort unten in der angrenzenden Straße niedergelassen hatten. Wir gingen einfach weiter. Quer durch Paris gingen wir den restlichen Tag spazieren. Wir wurden wieder eine von den vielen Geschichten die sich hier unten ereigneten.

18.

Niemand mag Abschiede. Doch das Amélie ein paar Tränen in den Augen hatte als wir uns am Gare du Nord verabschiedeten, überraschte mich schon ein wenig. Klar wäre ich am liebsten bei ihr geblieben, aber das ging leider nicht. Alles muss einmal enden. Das Schöne ebenso wie das Schlechte.
Als ich erstmal im Zug saß, schloss ich meine Augen und lehnte mich zurück - konnte aber nicht wirklich schlafen.
Während ich vor mich hin döste musste ich darüber nachdenken wie viel in den letzten drei Tagen passiert war seit dem ich mit diesem Zug in Paris angekommen war.
Auf der einen Seite Amélie - immer wieder ging mir Amélie durch den Kopf. Jetzt hier im Zug erschien es mir wie ein Traum das ich sie kennen gelernt hatte. Und mit jedem Meter den ich mich mit dem Zug aus Paris entfernte, erwachte ich ein Stück aus diesem Traum.
Auf der anderen Seite ging mir Charlie Hebdo durch den Kopf. Und das auch noch die folgenden Tage.

Fin.

Epilog

Die drei Tage nach Paris verbrachte ich größtenteils in meiner Wohnung. Seit ich Freitag den Fernseher eingeschaltet hatte konnte ich nicht anders als die Nachrichten zu verfolgen.
Die französische Polizei hatte die beiden Attentäter in einem nahe gelegenen Ort von Paris ausfindig gemacht und das Gebäude in dem sie sich versteckt hielten umstellt. Zeitgleich hatte ein weiterer Mann, der in Verbindung mit den beiden Attentätern stand, Geiseln in einem jüdischen Supermarkt in Paris genommen.
Die ganze Welt verfolgte live mit wie die französische Polizei Gerechtichkeit walten ließ. Die meisten konnten befreit werden. Aber erneut kam es zu toten, auch unter den Geiseln.
Nachdem die vielen Polizei-Beamten beinahe zeitgleich die beiden Gebäude an den verschiedenen Orten gestürmt hatten wurden alle drei Terrorverdächtigen von ihnen getötet. Paris atmete das erste mal auf.
Am Freitagabend sendete die Stadt eine bewegende Botschaft in die Welt:

PARIS EST CHARLIE

In weiß leuchtenden Buchstaben wurden diese drei Worte an den Arc de Triomphe gestrahlt.
Nachdem die Worte JE SUIS CHARLIE in den vorherigen Tagen um die gesamte Welt gegangen waren, verkündete nun auch die Stadt das sie hinter Charlie Hebdo steht. Das sie voll und ganz hinter ihren Bürgern und ihrer Freiheit steht. Aber es sagte noch viel mehr als das. Paris rief in die Welt hinaus das sie sich von diesem Terror nicht einschüchtern lies und das es geschlossen zusammen steht.

Das restliche Wochenende hatte ich mehrmals mit Amélie telefoniert. Wir sprachen viel mehr über das Thema als wie ich noch in Paris war. Auch sie verbrachte viele Stunden vor ihrem Fernseher. Am Sonntag ging sie zum Trauermarsch. Während wir mal nicht miteinander telefonierten, hatte ich mich mit dem was geschehen war intensiv auseinandergesetzt und viel darüber nachgedacht. Zum einen fühlte ich mich als Europäer betroffen. Es war ein direkter Angriff gegen unsere Werte die wir alle in Europa und der westlichen Welt teilen.

Zum anderen fühlte ich mich aber noch auf eine andere Art und Weise betroffen. Es waren zwar nur knapp drei Tage die ich in Paris verbracht hatte. Überhaupt war ich zum ersten mal in Frankreich. Und dennoch fühlte ich mich nach dieser kurzen Zeit, irgendwie mit den Franzosen verbunden.
Es ging mir nicht anders mit den Engländern als ich vor ein paar Monaten in London war. Was ich damit sagen will ist, wir sind uns alle zunächst fremd auf dieser Welt. Es erfordert Mut sich der Welt zu öffnen und andere Menschen und Nationen kennen zu lernen. Aber glaubt mir, jede Reise und jede Begegnung mit einem fremden Menschen, kann eine große Bereicherung für jeden von euch sein.

Habt keine Angst.